G. Kuhl

Kleon von Athen

Antigonos

G. Kuhl

Kleon von Athen

Unveränderter Nachdruck der Originalausgabe von 1871.

1. Auflage 2024 | ISBN: 978-3-38631-096-3

Antigonos Verlag ist ein Imprint der Outlook Verlagsgesellschaft mbH.

Verlag: Outlook Verlag GmbH, Zeilweg 44, 60439 Frankfurt, Deutschland info@outlook-verlag.de
Vertretungsberechtigt: E. Roepke, Zeilweg 44, 60439 Frankfurt, Deutschland
Druck: Libri Plureos GmbH, Friedensallee 273, 22763 Hamburg, Deutschland

Kleon von Athen.

Die Persönlichkeit des Athenischen Demagogen Kleon ist seit einigen Jahrzehnten der Gegenstand gelehrter Forschungen mancher Historiker gewesen, wie Droysens, Grotes, Onckens u. A. Kleons Charakter und Wirksamkeit ist lange zu ungünstig beurtheilt worden. Man hat die Fehler seiner Politik und Partei auf seine Persönlichkeit mehr als es recht ist, übertragen und die historischen Gewährsmänner haben von ihm ein Bild hinterlassen, welches der Wahrheit nicht entspricht. Man nannte ihn unredlich, gewinnsüchtig und bestechlich; man warf ihm Ehrgeiz vor und Selbstüberhebung, stellte ihn dar als Volksschmeichler und Volksbethörer; er galt für roh und ungebildet, verwegen und grausam — für den Urheber oder Mitschuldigen an den verschlimmerten Verhältnissen des Athenischen Staates nach Perikles Tode. Das Urtheil hat lange Zeit Geltung gehabt, da es sich stützte auf Geschichtsschreiber wie Plutarch und besonders Thucydides, auf die Komödiendichtungen des Aristophanes. Durch die Untersuchungen der oben erwähnten Männer, wie einiger anderen namhaften Gelehrten ist das lange geltende Urtheil erschüttert worden. In wichtigen und in unwesentlichen Punkten gehen indessen ihre Ansichten auseinander, da sie die Grenze der Wahrheit und Wahrscheinlichkeit hier nicht erreichen, dort überschreiten. Die Frage um den wahren Gehalt der Person Kleons ist zu wichtig — sie greift zu sehr in die Verhältnisse der damaligen Zeit ein, als dass es sich nicht der Mühe lohnte, sie nochmals vorzubringen. Es ist hier nicht gestattet, auf die Kritik der einzelnen für oder gegen Kleon sprechenden Beurtheilungen einzugehen. Wir müssen uns begnügen, uns an der Sache selber zu halten, in deren Durchführung zugleich die Gründe gegen die Meinungen Anderer mitenthalten sind. Kleon muss aus den Verhältnissen seiner Zeit beurtheilt werden; diese sind daher näher zu betrachten.

Athen nach dem Tode des Perikles.

Die Athenische Demokratie, welche, dem Jonischen Wesen des Staates entsprechend, von Solon begründet war, erfuhr eine weitere Entwickelung durch Klisthenes, Themistokles und Aristides. Die Vollendung brachte Perikles. Die Macht des Areopag wurde bedeutend geschmälert und ihm das Recht der Aufsicht über die Sitten und die gesammte Staatsverwaltung entzogen. Die Beschlüsse der Volksversammlung waren durch den Areopag nicht mehr rückgängig zu machen. Das Volk konnte endgültig Gesetze geben, Beamten wählen, über Krieg und Frieden entscheiden; aus seiner Mitte wurden die Gerichte gebildet. — Auch das Aeussere der Volksversammlung änderte sich. Wie denjenigen, welche aus dem Volke genommen wurden, um als Geschworene zu Gericht zu sitzen, ein bestimmter Sold ausgesetzt und wie den ärmeren Bürgern das Geld zum Eintritte in's Theater aus der Staatskasse gezahlt wurde, so wurde sogar für den die Volksversammlung selbst Besuchenden ein Sold ausgesetzt. Dieses sollte das Interesse des Volkes an Staatsangelegenheiten erhöhen. Jn der That hatten alle diese Vergütungen den Nebenzweck, das Volk mit Dank zu erfüllen gegen den gütigen Geber, es an seine Person zu fesseln, so dass es demselben leichter wurde, in seinem Sinne zu beschliessen und abzustimmen. Dadurch wurden Elemente in die Volksversammlung gebracht, denen das Staatswohl fremd war. Das Jnteresse Vieler war bloss, sich durch den Eintritt den Obol zu verdienen; für die Berathung der Staatsangelegenheiten hatten sie weder Interesse noch Befähigung. Das Hineinziehen dieser Elemente in die Volksversammlung zeigt indessen zu Perikles Lebzeiten weniger seine nachtheiligen Folgen. Es befand sich ferner in der Volksversammlung zur Zeit des Peloponnesischen Krieges eine grosse Anzahl solcher Bürger, welche erst zu Anfang des Krieges in die Stadt hineingezogen waren, sowie solcher, die aus den auswärtigen Athenischen Besitzungen in die Hauptstadt übergesiedelt waren. Auch diesen war es neu, in der Volksversammlung zu sitzen und am allgemeinen Wohle mitzuberathen. — Diese an und für sich todte Masse erhielt Leben und Bedeutung durch ihren Urheber. Perikles vermochte sie zu behandeln; er verstand es, das Volk für seine Absichten zu begeistern. Das politische Ideal des Perikles und der Gipfelpunkt aller seiner Bestrebungen war das Wohl seines Vaterlandes, die Erhebung des demokratischen Princips über das aristokratische, des jonischen über das dorische, der modernen Welt über die veraltete. Die diesem grossartigen Plane widerstrebenden Elemente mussten beseitigt werden: zunächst die Macht der Aristokratie in Athen, dann die dorischen aristokratischen Lacedämonier. Der erste Kampf war glücklich überstanden; die Verfassung Athens war eine durchweg demokratische geworden. Der zweite war begonnen worden mit dem Peloponnesischen Kriege. Ein dritter Kampf wäre nach glücklicher Bestehung des zweiten übrig geblieben: die Vollendung des Sieges über Persien und Asien. Mit kalter Hand strich das Schicksal über die Plane des Perikles: Er starb an der Pest im zweiten Jahre des Peloponnesischen Krieges.

Perikles suchte nicht sein eigenes, persönliches Interesse. Das Wohl des Vaterlandes war der Gegenstand seiner Bestrebungen. Hierin bestand seine Stärke. Er kannte sein Volk, mit seinen Launen und Neigungen, seinen guten Seiten und Schwächen. In letztere fügte er sich, erstere hob er. Wenn das Volk in den Leiden des Krieges über ihn unwillig wurde und ihn bestrafte, so zahlte er willig. Wenn es dann wieder seiner Leitung bedurfte, so folgte er willig. Wie er die Natur seines Volkes erfasste, so verstand dieses ihn. In ihm fand es sein ganzes Wesen wieder, seinen Vortheil, sein Glück. Ihm vertraute es von Herzen und folgte seinen Eingebungen. Ihm hatte es unzählige Wohlthaten zu verdanken. Ohne ihn konnte es nicht sein. Ohne ihn hatte die Volksherrschaft ihre Bedeutung verloren, da er sie in ihrem jetzigen Wesen begründet und sie in allen wichtigen Angelegenheiten geleitet hatte. Nach seinem Hinscheiden fehlte der Demokratie die belebende Seele, und der Staat war um so hülfloser, je souveräner Perikles die Masse der Volksversammlung gemacht hatte, je inniger die Gedanken des Perikles in alle Verhältnisse mitverwebt waren. (Vgl. Wachsmuth, Hellen. Alterthumskunde, I, 2, S. 67.) Perikles hatte zugleich die höchsten Aemter des Staates inne; so passte noch mehr das Wort des Thucydides, dass die Demokratie nur dem Namen und der Form nach bestanden habe, dass in der That Einer herrschte. — Die Athenische Demokratie ergab sich also in der Gestalt, wie sie nach Perikles Tode war, als eine Treibhauspflanze, eine zu früh gezeitigte Frucht, welche äusserlich die Bedingungen erfüllt, die man an ihre Existenz stellt, innerlich aber wenig Kraft und Lebensfähigkeit zeigt. Die Geschichte weist auch Beispiele von andern Staaten auf, welchen die ausserordentliche Wirksamkeit besonders befähigter Staatsmänner mittelbar zum Verderben gereichte, indem dieselben der Leitung des Staates eine Bahn und den Verhältnissen desselben eine Form gegeben hatten, wie sie wohl passte für ihre eigene Person und Fähigkeit, aber nicht für weniger begabte Nachfolger, die nicht in gleichem Sinne und mit gleicher Kraft fortarbeiteten. Auch wird man bei der Betrachtung dieser Zustände unwillkürlich an solche Zeitlagen in der Geschichte erinnert, in welchen sich die Volksherrschaft, nachdem sie alle Phasen der Entwickelung durchgemacht und das Volk sich allmählich gewöhnt hatte, von einem Einzigen regiert zu werden, in Alleinherrschaft umschlug, welche denn u. A. in Rom die sinkenden Verhältnisse des Staates allein aufrecht zu erhalten im Stande war.

Zur Verschlimmerung des Zustandes gereichte der Krieg mit allen Uebeln, die sich in seinem Gefolge befanden. Die grösseren Geschäfte stockten, weil der Handel unterbrochen war. Die Zahl der Einwohner war durch die Herbeiziehung der Bewohner von Attica vermehrt worden und mit ihr zugleich die Zahl der Müssiggänger. Leute, die von Staatsangelegenheiten nichts verstanden, urtheilten über alles, sprachen das grosse Wort mit wichtigem Wohlbehagen und stimmten in der Volksversammlung, wie es nach ihrem Kopfe richtig war. Solche Zustände fanden mit Recht die Missbilligung der ersten Männer Griechenlands, eines Plato und Aristoteles. Während die gute alte Sitte verschwunden war, „vertauschte der Städter bei wachsender Ueppigkeit die Turn- und Ringschulen mit den Sammelplätzen gähnender Müssiggänger, welche staatsbürgerliche Neuigkeiten und zweideutige Scherze gleich ernsthaft behandelten — verschleuderte für Boötiens Aale, Tauben und Strandläufer das Erbe seiner Väter, wurde vornehm, faul, pfiffig, ruhmredig und so scharfsinnig im Urtheilen über Heldenmuth und Feldherrnkunst, dass er zu Hause den Löwen, in der Schlacht den Fuchs spielte." (Kortüm, Stellung des Thucydides zu den Parteien Griechenlands, S. 10.) — Eine schlimmere Gestaltung gab diesen Verhältnissen der Krieg, als er einige Jahre gedauert hatte, besonders die durch ihn hereinbrechende Pest. Das Volk, welches in sich selbst schon vorher wenig Halt mehr hatte, verlor ihn vollends, als es den heftigsten Leiden ausgesetzt war. Den Tod hatte jeder rings um sich gesehen, fast jeder war von der tödtlichen Krankheit befallen worden. Es war für jeden zur Gewohnheit geworden, nur für sich zu sorgen und nur für die nächste Zeit des Lebens. Die Pest konnte immer wiederkommen, wie sie drei Jahre nach ihrem ersten Erscheinen mit erneuter Heftigkeit auftrat. (Thuc. 3, 87.)

Das Unglück hatte dem Volke seinen Glauben entrungen, unter dem es bisher glücklich war. Es irrte ab nach den beiden Seiten, Unglauben und Aberglauben. Ein Theil des Volkes brach mit der bisherigen Religion und Moral vollkommen. Mit haarspaltender Sophistik wurde der alte Glauben zersetzt und die letzten Reste mit der Leuchte des modernen Verstandes hinweggräsonnirt. Das religiöse Bewusstsein dessen, der sich der neuen Richtung nicht anschliessen konnte, wurde erstickt durch Religionsspötterei von Seiten anderer, die lächerlich fanden, was bisher in aller Herzen hohe Geltung gehabt hatte. Auf der anderen Seite hatten die Schrecken des Kriegs manchen schon an sich ängstlichen Gemüthern den Halt genommen, welchen sie in ruhigen Zeiten an ihrem Glauben gefunden hatten. Das klare Bewusstsein trat zurück vor der aufgeregten Einbildung. Was der Gottesdienst nicht mehr leistete, mussten Gebräuche und Ceremonien ersetzen. Man suchte es in allem Aeusserlichen. Wahrsager und Zeichendeuter fanden andächtige Zuhörer. Verkäufer von allerlei kräftigen Sprüchen und Zauberformeln strichen für ihre Hülfsmittel die blinkenden Drachmen und Obolen ein.

In politischer Beziehung spaltete sich das Volk in Parteien, da sich einmal kein Führer für alle Parteien gefunden hatte. Natürlich waltete die demokratische vor. Es traten auch diejenigen Misstände ein, welche mit dem Parteileben verbunden sind. Die Demokratie wollte den Krieg, die Aristokratie den Frieden. Die Demokratie hatte im Kriege weniger zu verlieren. Die Aristokraten mochten Frieden zum Theil aus persönlichem Interesse, weil sie die Erhaltung derjenigen Verhältnisse wünschten, in denen sie zu Gut und Macht gelangt waren. Der Krieg aber an und für sich war ein principieller, ein Kampf des Jonismus mit dem Dorismus, es war ein Kampf bis zur Vernichtung, wenn nicht durch ein besonderes Glück eine Versöhnung, die feste Friedensgarantieen in sich enthielt, eintrat. Es war ein Kampf, der tief im Gemüthe des Griechen und in der Vergangenheit des griechischen Volkes begründet war. Das Alles wusste Perikles. Den als den Ausbruch einer Krankheit sich darstellenden Krieg zurückzuhalten, hiess nichts Anderes, als die Gefahr des Körpers selbst verschlimmern.

In diesen Verhältnissen liegt der Keim zu dem bald entstehenden Parteihader. Unter den Leiden des Krieges und seiner Folgen war die gegenseitige Duldung im Verkehre der Bürger untereinander gewichen. Es war Niemand, der dieselben in den Schranken der Ruhe und Besonnenheit gehalten hätte. Argwohn und Misstrauen, die jedes gedeihliche Zusammenwirken hemmen, riss die Gemüther der Bürger auseinander und fand Nahrung in dem gegenseitigen Widerstreben der politischen Richtungen der einzelnen Parteien. Was der Eine wünschte, verabscheute der Andere, was der Eine für recht und erlaubt hielt, war Unsinn in den Augen des Anderen. Wer mit fester Ueberzeugung hielt an der Nothwendigkeit, den Krieg fortzusetzen, war für Andere ein Verräther am Wohle des Vaterlandes, ihm wurde jede Einsicht und ehrliche Gesinnung abgesprochen. Umgekehrt fand man in jedem wohlgemeinten Friedensversuch der Aristokraten nichts wie persönliche eigensüchtige Interessen. Alles was nur in ehrlicher Absicht gesprochen und gethan wurde, fand seine Tadler auf Seiten der andern Partei. Die Darstellung dieser Zustände findet ihren Gipfelpunkt in den Worten des Thucydides (III, 82): Denn im Frieden und im Wohlstande hegen Staaten sowie Einzelne edlere Gesinnungen, weil sie nicht unfreiwilligen Nöthigungen anheimfallen. Der Krieg aber, welcher die behagliche Fülle des täglichen Lebensgenusses raubt, ist ein strenger Zuchtmeister und bildet die Begehrungen der Menge der vorhandenen Zeitlage gemäss. — Und die gewohnte Bedeutung der Worte für die Gegenstände vertauschten sie nach ihrer Willkür. Unvernünftige Verwegenheit nämlich galt für uneigenützige Tapferkeit, vorsichtiges Zögern für wohlverhüllte Feigheit, Besonnenheit für einen Deckmantel der Unmännlichkeit, Klugheit in allem für Trägheit zu allem; die verrückte Leidenschaftlichkeit ward als die Ehre des Mannes angesehen, dagegen mit Vorsicht bei sich überlegen für einen schönklingenden Vorwand der Ablehnung. — Wer mit Nachstellungen glücklich war, hiess gescheidt und wer es ahnte, noch schlauer. — Und wurden ja einmal Versöhnungseide geschworen, so galten sie, indem sie aus Noth gegenseitig geleistet wurden, eben für den Augenblick, so lange man nicht anderswoher Verstärkung erhielt. — So kam jede Art von Unsittlichkeit wegen der Parteikämpfe in Hellas auf, und die Herzenseinfalt, mit welcher der Edelsinn am meisten verbunden ist, wurde verlacht und verschwand, dagegen misstrauischen Sinnes sich einander gegenüber zu stehen, das ward in hohem Masse vorherrschend. Denn dieses zu beseitigen war weder ein Versprechen sicher, noch ein Eid furchtbar genug. — c. 83.

Der Anfang dieser Zustände findet sich auch in Athen, schon in der Zeit unmittelbar nach Perikles Tode. Es gehörte ein ungewöhnliches Selbstbewusstsein und ein ganz besonderer Muth, seine Person für seine Ueberzeugung einzusetzen, dazu, um unter solchen Verhältnissen wirken zu wollen. Kein Charakter blieb rein und das Bild mancher Persönlichkeiten ging in so verzerrtem Zustande in die Geschichte über, dass man dieselben erst nach vielen hundert Jahren mit grosser Mühe in ihrer Wahrheit und Wirklichkeit wiedererkennt.

Hierbei ist zu berücksichtigen die Thätigkeit der Komödiendichter. Der Inhalt und die Darstellung der Lustspiele konnte für ein Volk von solchen Verhältnissen kaum pikant genug gemacht werden. Uebertreibung herrscht überall. Es gibt kaum eine Person, einen Zustand, ein Ereigniss, welches nicht Stoff für die Komödie hätte liefern müssen, sobald es nur einigermassen das Niveau des Gewöhnlichen überstieg. Man sollte denken, dass eine Literatur von solcher Art für die historische Wahrheit keine dauernden Nachtheile hätte hervorbringen können. Für die Nachwelt und die Geschichte aber entstand gleich der Nachtheil, dass man Attische Zustände und Personen stark nach des Aristophanes Darstellungen bemass. Es gibt Schriften, in welchen die Verfasser ihre Kunde der damaligen Attischen Zustände vorzugsweise der Komödie entlehnen. So Michaelis von Königsberg in dem Buche De demagogis Atheniensium post mortem Periclis. Daher denn auch seine Demagogen aussehen wie eine Reihe zur Schau ausgestellter Uebelthäter. — Ein anderer Nachtheil in der Beurtheilung der Persönlichkeiten macht sich schon in der damaligen Zeit geltend. Nach der Aussage des Sokrates in der Apologie des Plato (18, 19) sind die alten Komödiendichter, unter denen er den Aristophanes namentlich anführt, durch ihre Komödien so wesentliche Urheber seines Todes, dass er den ersten Theil seiner Vertheidigungsrede gegen diese alten Ankläger richtet. „Ἀξιώσατ' οὖν καὶ ὑμεῖς, ὥσπερ ἐγὼ λέγω, διττούς μοι τοὺς κατηγόρους γεγονέναι, ἑτέρους μὲν τοὺς ἄρτι κατηγορήσαντας, ἑτέρους δὲ τοὺς πάλαι, οὓς ἐγὼ λέγω· καὶ οἰήθητε δεῖν πρὸς ἐκείνους πρῶτον με ἀπολογήσασθαι· καὶ γὰρ ὑμεῖς ἐκείνων πρότερον ἠκούσατε κατηγορούντων, καὶ πολὺ μᾶλλον ἐκ τῶνδε τῶν ὕστερον. — καὶ οὐχ ὡς ἀτιμάζων λέγω τὴν τοιαύτην ἐπιστήμην, εἴ τις περὶ τῶν τοιούτων σοφός ἐστι." — Sokrates focht mit in der Schlacht bei Delion, wo er sich durch Tapferkeit und Geistesgegenwart auszeichnete. „Dies war beinahe zu derselben Zeit, wo Aristophanes ihn in dem Lustspiele „die Wolken" als einen träumerischen Menschen, der gleich sittlich unwürdig und körperlich unfähig sei, dem Gelächter blosstellte." (Grote, Gesch. v. Griechenl. übers. von Meissner, 3. S. 621 — Vgl. die Anm.) — Sokrates fand vor der Nachwelt Rettung durch seine Schüler; Euripides durch seine Schriften, und auch die Namen anderer Männer, wie Theognis, Ariphrades, Kinesias konnten nicht dauernd verdunkelt werden. Ein anderes Geschick ward dem Demagogen Kleon zu Theil.

Kleon im Bilde der Parteien.

Kleon wird mit Recht der Vater der Demagogie genannt. Nicht allein seine Person, sondern das Wesen der attischen Demagogie überhaupt ist von der Nachwelt irrthümlich aufgefasst worden. Man sagt, die Demagogen sind die Führer des Volkes. Sie haben Einfluss auf die Beschlüsse des Volkes. Ihnen bürdet man die Verantwortung für die Beschlüsse auf. Man nennt sie die Urheber des Unglücks im Peloponnesischen Kriege. Diese Behauptungen sind nur scheinbar richtig; dass sie unrichtig, ergibt sich durch eine genauere Betrachtung der damaligen Verhältnisse.

Das Volk ist souverän. Diese Souveränität hat es durch Perikles erhalten. Trotz derselben weiss dieser das Volk zu beherrschen durch seine persönliche Fähigkeit. Da nach seinem Tode eine gleichbefähigte Person fehlt, so ist das Volk und die Volksversammlung sich selbst überlassen. Ferner ist das Volk ebenso unfähig, sich selbst zu beherrschen, als es eifersüchtig darauf ist, sich diese Souveränität zu erhalten. Es treten nun, aus dem Volke heraus, Männer auf, welche nur in sofern gefallen, als sie nach dem Willen des Volkes reden. Gefallen sie nicht mehr, so treten sie in den Hintergrund. Sie sind nur die Sprecher des Volkes, die Träger der öffentlichen Meinung. Man hat aus ihnen eine ganze Klasse gemacht und sie Demagogen genannt. Man hat sich gewöhnt, die Demagogie als ein Amt anzusehen. Man hat ihr Rechte und Pflichten beigemessen und besonders Einfluss und Verantwortlichkeit. Die Demagogen waren meist ohne die wichtigeren Aemter. Nur Kleon soll nach einigen Stellen des Aristophanes Verwalter der Staatseinkünfte gewesen sein. Nur einige Demagogen hatten sich als Feldherrn abschicken lassen, meist nach Orten, wo der Krieg nicht hauptsächlich spielte — mit Ausnahme

Kleons. Auch stand ja alle Obrigkeit unter der Willkür des Volkes. Die Demagogen sind also nur Creaturen des Volkes, und dessen Gegner bekunden ihren Unwillen über das Volksregiment, indem sie diesen Männern persönlich die Schuld aufbürden, wie es überhaupt zu geschehen pflegt, dass man bestimmte Persönlichkeiten tadelt, wo die Allgemeinheit gefehlt hat. So machte das Volk einst den Perikles verantwortlich für die Folgen des Krieges, während dieser in seiner Vertheidigung darauf hinweist, dass ja das Volk selbst den Krieg beschlossen habe. Thuc. II, 60, 3. Wie die Launen und die Pläne des Volkes wechseln, so wechseln auch im Allgemeinen die Personen der Führer. Nur der erste Demagoge, Kleon, hielt sich in seiner Stellung bis zu seinem Tode.

Kleon war Gerber von Profession. Sein Handwerk brachte ihn in häufige Berührung mit dem Volke. Mit diesem nahm er Antheil an den Interessen des Staates und wurde allmählich mit in den Strudel der politischen Bestrebungen hineingezogen. Nach einer Bemerkung des Idomeneus, die Plutarch im Leben des Perikles c. 35 wiedergibt, hat sich Kleon nach der unglücklichen Expedition des Perikles gegen Epidaurus an die Spitze derjenigen gestellt, welche denselben für sein Unternehmen zur gerichtlichen Verantwortung wollten gezogen wissen. Ueberhaupt befand sich Kleon unter den aus allen Parteien gemischten Gegnern des Perikles. Dies ist an und für sich noch kein Tadel, sowenig als wir alle Einrichtungen des Perikles loben können. Wir wissen hierüber nichts Bestimmtes (Idomeneus, Plutarch, Diogenes Laertius, Aristophanes), was bei Beurtheilung Kleons in die Wagschale fallen könnte. — Nach Perikles Tode widmete sich Kleon den Angelegenheiten des Staates mit noch grösserem Eifer. Charakteristisch ist dabei für ihn, dass er nach Plutarch, praec. reip. ger. c. 15, seinen Freunden die Freundschaft kündigte, um auch durch diese nicht gehindert zu sein, ohne persönliche Beeinflussung am Wohle des Staates zu arbeiten. Da er unter den obwaltenden Verhältnissen nicht selbst zu den höchsten Staatsämtern gelangen konnte, so tritt in der ersten Zeit seine Wirksamkeit besonders dadurch hervor, dass er wegen schlechter und ungerechter Verwaltung oder wegen tadelnswerther Ausführung der Aufträge einzelne Beamte zur Rechenschaft zieht. Dass eine genaue Controle der Leistungen der öffentlichen Beamten nöthig war, beweisen die Umstände, und dass sich auch Kleon diesem an und für sich undankbaren Geschäfte unterzog, bietet noch keinen Beweis gegen Kleons Person, musste freilich in den Augen der Angegriffenen und ihrer Partei als gehässig erscheinen. In seiner ganzen Handlungsweise offenbart sich ein heftiges leidenschaftliches Wesen, eine mangelhafte Bildung, daneben praktischer Verstand, eine gewisse staatsmännische Einsicht, sowie Consequenz im Denken und Handeln, dabei eine aufopfernde Liebe zum Vaterlande. In der Politik vertrat er die Ansicht des Perikles; nach seiner Ueberzeugung muss der Krieg gegen Lacedämon fortgesetzt werden, bis dauerhafte Garantieen für den Frieden vorhanden sind. Damit hängt sein unversöhnliches Auftreten gegen die Feinde des Landes sowohl, wie gegen die stets nach Sparta blickenden Vornehmen Athens zusammen. Seine Herkunft aus dem Volke, sein beständiger Verkehr mit demselben und seine volksmässige Bildung bewirkten, dass er das Volk und dieses ihn verstand. Er schätzte mehr dessen gute Seiten, als die Feinde desselben. Von dem Standpunkt der Letzteren schien die Weise, in der Kleon zum Volke redete, Schmeichelei zu sein. Man wollte nicht erkennen, wie der Mann des Volkes diesem auch die derbsten Vorwürfe machte. Und wenn ferner Kleon vorgeworfen wird, er habe einen zu grossen Ehrgeiz gehabt, so lässt sich auch dieser auf das bescheidene Mass des Erlaubten zurückführen. Es gehörte allerdings auch ein gewisser Grad von Ehrgeiz dazu, um die Mühe des öffentlichen Wirkens zu damaliger Zeit nicht zu gross zu finden. Das Motiv des Ehrgeizes wurde von Kleons Gegnern seinen Bestrebungen unterstellt, da sie das andere, die Liebe und Sorge um das Wohl des Vaterlandes Kleon zuzuerkennen ausser Stande waren.

Zahllos sind die Beschuldigungen, mit denen man noch ausserdem Kleon überhäuft hat. Bei dem heftigen Parteihader war es leicht, Beschuldigungen zu finden, und die aufgeregte Stimmung der Gegenwart war nicht geeignet, zu einem unbefangen prüfenden Urtheile anzuhalten. Kleon hatte sich durch sein schroffes Auftreten auch viele persönliche Feinde zugezogen. So waren unter den Rittern viele, die seinen herben Tadel erfahren hatten. Am wirksamsten arbeitete Aristophanes gegen ihn in seinen Komödien, besonders in den „Rittern". Derselbe hatte die Demagogen in seinen „Babyloniern" als Volksbethörer dargestellt. Sein Schauspieler Kallistratus, der die verletzenden Worte ausgesprochen hatte, musste vor Gericht dafür büssen, dass durch die Komödie einheimische Verhältnisse vor den anwesenden Fremden blosgestellt worden seien. Gegen den Dichter selber erhob Kleon die $\gamma\varrho\alpha\varphi\eta$ $\xi\varepsilon\nu\iota\alpha\varsigma$, Anklage wegen angemassten Bürgerrechts, weil derselbe Ausländer von Geburt war, also nicht öffentlich in Athen auftreten durfte. Aristophanes entging den gefährlichen Folgen einer solchen Anklage, rächte sich aber durch die „Ritter", die ein moralischer Todtschlag für den Kleon sein sollten. In dieser Komödie erscheint Kleons Persönlichkeit zu einem widrigen Zerrbilde entstellt. Das Volk von Athen erkannte zwar dieser Komödie den ersten Preis zu, liess sich aber nach wie vor von Kleon leiten. Nur die Nachwelt hat, wie schon bemerkt, in der Beurtheilung Kleons zu vieles aus Aristophanes entlehnt. Und doch ist die Attische Komödie keine Geschichtsquelle, sondern nur ein Hülfsmittel zur Beleuchtung und Schattirung des historisch bereits Feststehenden. Ganz widersinnig ist u. A. in Aristophanes Rittern 834 die Andeutung, dass Kleon in der bekannten Begebenheit in Betreff Mitylenes von den Mitylenäern mit 40 Minen bestochen worden sei, damit er ihre Sache vertrete. Diese ehrenrührige Angabe wird sogar bestärkt von dem Scholiasten zu dieser Stelle), gerade als wenn er die Rede des Kleon im Thucydides gegen die Mitylenäer nicht gelesen hätte. Auch ist es der Scholiast (zu Acharn. 5.), von dem man die Bemerkung genommen hat, dass Kleon von den Inselbewohnern, die Athen unterthänig waren, Geld angenommen habe, um ihre Interessen in Athen zu vertreten. Diese Nachricht, welche ebenfalls in manche Geschichtsbücher übergegangen ist, hat der Scholiast einem Autor entnommen, dessen einseitig aristokratische Gesinnung oft hervorgehoben wurde, als beeinträchtige sie die Wahrheit seiner Aussagen, nämlich Theopomp. Vrgl. dagegen A. Riese, Der Historiker Theopompos. Jahns Jahrb. Bd. 101, S. 673. Anderweitig ist diese Nachricht nicht bestätigt. (Meier, opusc. academ. I, pag. 192.)

Einen Beweis seiner Habsucht und Unredlichkeit glaubte man finden zu müssen u. A. besonders in dem Umstand, dass Kleon beim Beginn seiner politischen Laufbahn kein grosses Vermögen gehabt, nach seinem Tode aber die Summe von 50 Talenten hinterlassen habe. Bestechlichkeit ist ein zu damaliger Zeit unter sonst vorzüglichen Männern ziemlich gewöhnlicher Fehler. Davon sind Themistokles (Aelian, V. Gesch. X. 17; Plutarch, Themist. 21.), Eurybiades, Kleandridas, Gylippus u. A. nicht freizusprechen. Perikles schickte jährlich eine Summe Geldes nach Sparta zur Bestechung. — Die Nachricht stützt sich übrigens bloss auf eine Notiz, die Aelian (a. a. O.) dem Kritias ('Ἀθηναίων πολιτεία) entnommen hat: Ὁμοίως δὲ καὶ Κλέωνα [λέγει Κριτίας] πρὸ τοῦ παρελθεῖν ἐπὶ τὰ κοινὰ μηδὲν τῶν οἰκείων ἐλεύθερον εἶναι· μετὰ δὲ πεντήκοντα ταλάντων τὸν οἶκον ἀπέλιπεν. (Cf. C. Müller, fragm. hist. graec. II, S. 70, 8.) Da sich diese Nachricht an nichts Anderes anlehnt, als an die oben erwähnten Stellen im Aristophanes, die Bestechung des Kleon durch de Mitylenäer und die Insulaner im Allgemeinen betreffend, so kann aus ihr kein Beweis für die Bestechlichkeit und Habsucht des Kleon hergeleitet werden.

Die Nachrichten, welche Plutarch von Kleon hat, sind, wo sie nicht mit Thucydides übereinstimmen, weniger von Belang. Er führt hauptsächlich nur tadelnswerthe Eigenschaften an, ohne gründliche Beweise zuzufügen. Er folgt meist dem Thucydides (cf Plutarch, Nic. 1.), und diejenigen Abschnitte, welche besonders über Kleon handeln, Nic. 7, 8, lassen zugleich die Benutzung des Theopomp vermuthen, von dessen Einseitigkeit in dem Urtheile über Kleon oben gesprochen worden ist. Ueber diese Capitel bemerkt W. Fricke (Untersuchungen über die Quellen des Plutarchos — Leipzig, 1869, S. 28): „Auf die richtige Spur (der Quellen des Plutarch im Nicias c. 7, 8) leitet uns aber ein Fragment des Theopompos aus dem 10. Buche seiner Philippica (fr. 99, Müller), das mit genau wörtlicher Uebereinstimmung die Anekdote von Kleons Aufhebung der Ekklesia erzählt. — Aus Allem blickt eine leidenschaftlich aristokratische Gesinnung hervor." Es ist daher natürlich, dass in der Beurtheilung Kleons nur Thucydides zu Grunde gelegt wird; aber auch dieser ist nur massgebend da, wo er Thatsachen vorführt; die begleitenden Urtheile und Charakteristiken sind bei Seite zu lassen. (Vrgl. Brock, Zur Beurtheilung Kleons, des Atheniensers.) Letztere sind getrübt durch die persönliche und politische Gegnerschaft, worin er sich zu Kleon befindet. Thucydides hatte Mitschuld an der Besetzung von Amphipolis durch Brasidas, wie Oncken (Athen u. Hellas, 2, V, S. 321 flg.) nachweist. Er war durch Kleons Betreiben verbannt worden und musste in der Ferne sein Vaterland meiden, für das er eifrig gewirkt hatte. Dass darum Kleon dem Thucydides verhasst sei, bemerkt schon Marcellinus im Leben des Thucydides §. 46: ἰστέον δὲ, ὅτι στρατηγήσας ὁ Θουκυδίδης ἐν Ἀμφιπόλει, καὶ δόξας ἐκεῖ βραδέως ἀφικέσθαι, καὶ προλαβόντος αὐτὸν τοῦ Βρασιδου, ἐφυγαδεύθη ὑπ᾽ Ἀθηναίων, διαβάλλοντος αὐτὸν τοῦ Κλέωνος, διὸ καὶ ἀπεχθάνεται τῷ Κλέωνι, καὶ ὡς μεμηνότα αὐτὸν εἰσάγει πανταχοῦ. (Die Stelle §. 26 steht hiermit nicht in directem Widerspruch.) Thucydides war aber auch ein Gegner der im Augenblick bestehenden politischen Verhältnisse des Staates, wie u. A. aus seinen Worten VIII, 97. 2 hervorgeht: καὶ οὐχ ἥκιστα τὸν πρῶτον χρόνον ἐπὶ γ᾽ ἐμοῦ Ἀθηναῖοι φαίνονται εὖ πολιτεύσαντες· μετρία γὰρ ἥ τε ἐς τοὺς ὀλίγους καὶ τοὺς πολλοὺς σύγκρασις ἐγένετο, καὶ ἐκ πονηρῶν τῶν πραγμάτων γενομένων τοῦτο πρῶτον ἀνήνεγκε τὴν πόλιν. Er war keiner ein Gegner der Demagogen und bürdet ihnen zu viele Schuld auf, indem er sie zugleich als einflussreiche Leiter und Machthaber darstellt II, 65, 6. Die Sache konnte freilich Jemanden, der in der damaligen Zeit selbst lebte, kaum anders vorkommen. Ehe das Urtheil über Kleon abgeschlossen werden kann, ist es nöthig, die Berichte des Thucydides zu prüfen, der nicht allein die meisten Thatsachen in Betreff Kleons vorführt, sondern auch als Quelle vor den Andern bei Weitem vorzuziehen ist.

Kleon im Thucydides.

Perikles sagt in seiner Rede an das Volk (Thuc. II, 63): Ihr besitzet in der Herrschaft über die Bundesgenossen eine Gewaltherrschaft, und „diese könnt ihr nicht einmal mehr aufgeben, wenn etwa Jemand in den gegenwärtigen Umständen furchtsam, aus Liebe zur Ruhe auch dazu in einer Anwandlung von Edelmuth schreiten wollte.“ Er bemerkt, dass es ungerecht gewesen sein möge, sich dieser Herrschaft zu bemächtigen; sie aber aufzugeben sei gefährlich.

Diese Anschauung, von der auch Kleon in seiner Rede gegen die Mitylenäer ausgeht (Thuc. III, 37—40), muss in der Beurtheilung der ersten Angelegenheit, in welcher Kleon im Thucydides auftritt, zu Grunde gelegt werden. Athens Macht stützte sich vorzüglich auf die Herrschaft über die Bundesgenossen; von diesen war die bedeutendste Stadt,

Mitylene auf Lesbos, im Sommer des Jahres 428 abgefallen. Sie hatte schon zu Anfang des Krieges mit den Lacedämoniern in Unterhandlung gestanden, ohne dass die Athener es ahnten. Von deren Seite wurde die äusserste Kraft und die letzten baaren Geldmittel aufgeboten, um dieselbe wiederzuerobern. Die Belagerung und Eroberung der Stadt zog sich bis zum Anfang des Jahres 427 hin und benahm den Athenern fast alle Möglichkeit, an andern Gegenden des Kriegsschauplatzes mit Nachdruck zu operiren. Durch das Erscheinen einer peloponnesischen Flotte im Aegäischen Meere war u. A. auch für die Perser das Zeichen gegeben, wie man die Macht der Athener von Grund aus erschüttern könne, nämlich durch einen Seekrieg in der Nähe ihrer auswärtigen, nur gezwungen gehorchenden Bundesgenossen. Dazu kam, dass man die Mitylenäer bisher mit vorzüglicher Aufmerksamkeit behandelt hatte. Die Aufregung des Athenischen Volkes hatte zur Zeit der Eroberung den höchsten Grad erreicht. Ein Beschluss über die wieder unterworfenen Mitylenäer, der in dieser Aufregung gefasst war, konnte nur von der heftigsten Erbitterung und Abneigung beseelt sein. Er war grausam genug. Alle männlichen Einwohner von Mitylene sollten getödtet, das schwache Geschlecht und Alter als Sclaven behandelt werden. Kleon theilte nur diese Aufregung und Erbitterung mit dem Volke. Er lieh ihr Ausdruck, als Sprecher des Volkes, in einer Rede, die er ans Volk hielt. Seine Gegner, die Gemässigten sowohl als die aristokratisch und die lacedämonisch Gesinnten, hatten es mit ihm zu thun, indem sie der Ausführung dieses Beschlusses entgegenarbeiteten. Das Volk vertheilte sich nach der Versammlung. Erst jetzt wurde sich der Einzelne der neuen Lage des Staates bewusst — dass die Gefahr vorüber und an dem Feinde Genugthuung genommen sei. Es trat eine mehr menschliche Gesinnung ein. Diese zu nähren war die eifrige Bemühung nicht allein der Gemässigten, sondern auch der Gegner der Volksherrschaft und der Freunde der Lacedämonier. Kleon fühlte sich persönlich angegriffen, als man dem Beschlusse entgegenarbeitete. Während das Volk zur Ruhe kam und sich im Stillen von seinem Beschlusse lossagte, wurde dieser mehr speciell der des Kleon, als es bisher der Fall gewesen war. Daher hören wir ihn noch am folgenden Tage sprechen, wie am vorhergehenden. Aber auch an diesem Tage noch trifft er mit seiner Ansicht die einer sehr starken Minorität des Volkes. *Καὶ ἐγένοντο ἐν τῇ χειροτονίᾳ ἀγχώμαλοι, ἐκράτησε δὲ η τοῦ Διοδότου,* Thuc. III, 49, 1. Der Beschluss wurde zurückgenommen, und die geringere Zahl von 1000 Anführern der Empörung erlitt die Todesstrafe. Kleon lässt sich durch die besondere Lage, worin er sich befand, entschuldigen, wenn der Beschluss auch ein grausamer genannt werden muss. Doch auch den von Diodotus unterstützten, die 1000 Mann zu tödten, findet jeder zu hart, der den Masstab heutiger Bildung an die Verhältnisse früherer Zeiten legt. Kleon verdient nicht weniger Entschuldigung, als das Athenische Volk. Die Gründe, um dieses nicht zu hart zu tadeln, liegen nicht allein in der Erbitterung, in welche es durch die verzögerte Eroberung Mitylenes versetzt worden war, sondern auch in der Lage des Staates im Allgemeinen nach Perikles Tode. Das Volk hatte Niemanden, der ihm rathen oder helfen konnte und dabei war es die höchste, ja alleinige Macht im Staate. Dass es keinen zweiten Perikles gefunden, war ebensowenig seine Schuld, als es die Kleons war, kein zweiter Perikles zu sein und das Volk in gute Bahnen leiten zu können. Sein politischer und persönlicher Gegner Thucydides hat ihn durch Ueberlieferung jener Rede vor der Nachwelt in einem nachtheiligeren Lichte hingestellt, als alle Verläumdungen seiner Feinde. Dass aber Kleon fast nur nach dem Willen des Volkes sprach, erhellt auch aus der Verurtheilung der Skionäer (Thuc. IV, 122, 3). Die Stadt war noch nicht erobert und für den Fall der Eroberung war schon als Strafe festgestellt, dass sämmtliche männliche Einwohner getödtet werden sollten. Kleon war hier nach des Thucydides Bericht der Sprecher. Dass aber keine augenblickliche persönliche Beeinflussung oder etwaige Macht des Kleon das Volk bewogen, sondern lediglich der Volkswille obgewaltet hat, erhellt aus dem Umstand, dass das Volk seinen Beschluss noch festhielt, als Kleon längst todt war. (Thuc. V, 32, 1.) Ueberdies ist es nicht unstatthaft, zur Entschuldigung Kleons und der Athener einen Theil der Ungerechtigkeiten und Grausamkeiten vorzubringen, welche auf Seiten der andern Partei vorher verübt worden waren. Die Megarer erschlagen kurz vor dem Ausbruche des Krieges den Athenischen Gesandten Anthemocritus, der zum Zwecke des Friedens gekommen war. (Plut. Perikl. 30.) „Zu Anfang des Krieges brachten die Lacedämonier Alle, deren sie auf dem Meere habhaft wurden, als Feinde um, sowohl die auf Athens Seite Kämpfenden, als auch die Neutralen." (Thuc. II, 67, 5.) Der Spartanische Feldherr Alkidas machte auf seiner Rückkehr von Lesbos, als er zum Ersatz von Mitylene zu spät gekommen war, Gefangene an den Küsten der Athenischen Bundesgenossen, deren Verhältniss zu Athen doch ein sehr gezwungenes war. Diese lässt er meistens tödten zu Myonnesus auf Teos. (Thuc. III, 31, 32.)

Dies ist ein Theil der von Seiten der Peloponnesier schon vor der Verurtheilung der 1000 Mitylenäer begangenen Grausamkeiten. Kaum zu vergleichen hiermit ist dasjenige, was in der folgenden Zeit von beiden Parteien, besonders aber von den Lacedämoniern, verübt wurde und hier übergangen werden kann. (Vergl. Wachsmuth, Hell. Alterthumsk. I, 2, S. 141 flg.) Nicht zu übergehen aber ist hier die Gesinnung der Gegner Kleons, der Aristokraten und der Gemässigten einerseits und des Thucydides andererseits, von denen die Ersteren auf den Tod des Kleon und der 10,000 auf Sphakteria kämpfenden Athener und Bundesgenossen hofften, bloss um einen Mann loszuwerden, der nicht zu ihren Bestrebungen passte — der Letztere aber eine solche Denkweise für vernünftig erklärt. (Thuc. IV, 28, 4. — Man beachte daselbst die Ausdrücke ἀσμένοις — σώφροσι — σφαλεῖσι γνώμης. Demnach muss man der Ansicht, welche zuerst Brock geäussert hat, beipflichten, dass „die Urtheile des Thucydides betreff Kleons durch die von ihm erwähnten Thatsachen nicht bestätigt werden, seine Glaubwürdigkeit also nicht über die erwähnten Thatsachen hinausreicht, soweit sie Kleon betreffen."

Es würde zu weit führen, wenn man aus der Rede des Kleon gegen die Mitylenäer nachweisen würde, wie er frei ist von Verläumdungen, z. B. dass er ein Volksschmeichler sei — wie er manche vortheilhafte Eigenschaften, z. B. praktischen Verstand und staatsmännische Kenntniss und Einsicht besass — wie dieselben Ansichten, die von ihm ausgesprochen worden sind, von dem Munde anderer erfahrener Staatsmänner, z. B. des Perikles, beifällig aufgenommen worden sind. (Man vergleiche u. A. Franklins Rede vor dem Convente zu Philadelphia vom Jahre 1788 über die neugeschaffene Verfassung der Nord-Amerikaner — Franklins kl. Schriften, übers. v. Schatz, 2, S. 268 flg.) Nur dieses Eine muss den Gegnern Kleons zugestanden werden, dass derselbe ein heftiger, leidenschaftlicher Mann war, der vor den äussersten Massregeln nicht zurückschreckte, der indessen auch solche nicht herbeiführte, weil er dazu gar keine Macht und zu wenig Einfluss hatte.

Weiterhin finden wir Kleon betheiligt an den Ereignissen in Betreff Pylos und Sphakteria. Ersteres war durch Demosthenes befestigt worden. Die Lacedämonier griffen dasselbe von der Landseite und der gegenüber liegenden Insel Sphakteria an. 50 herbeieilende Athenische Schiffe unterstützten den Demosthenes so wirksam, dass die Spartanische Besatzung von Sphakteria eingeschlossen wurde. Die erschreckten Lacedämonier schickten eine Gesandtschaft nach Athen, um den Frieden zu vermitteln. Die Athener stellten Bedingungen, die zwar etwas hoch schienen, aber allein im Stande waren, einen dauernden Frieden anzubahnen. Man schenkte den Lacedämoniern und den friedlichen Reden ihrer Gesandten kein volles Vertrauen. Auch Kleon äussert sein Misstrauen in der Volksversammlung Thuc. IV, 21, 22. Die Gesandten weigerten sich, jene vorläufigen Bedingungen anzunehmen, sowie auch, vor der ganzen Volksversammlung zu verhandeln, sondern verlangten vor einer besondern Berathungscommission zu reden. Dieses thaten sie lediglich in der Hoffnung, günstigere Bedingungen zu erzielen. Diese Hoffnung war nicht unbegründet. Denn in diese Commission würden auch Männer von der gemässigten Partei, wie u. A. Nikias, sicher gewählt worden sein. Warum sollte das Volk zu dieser Commission nicht seinen Strategen wählen, der schon durch sein Amt bei den wichtigsten Angelegenheiten des Staates mitbethätigt war? Von einer solchen Commission also konnten die Gesandten eher einen Frieden nach ihrem Sinne erlangen, auch wenn Kleon mit hineingewählt wurde.

Er würde von solchen Männern eher, überstimmt worden sein, als in der Volksversammlung, auf der allein sein Einfluss beruhte. Dass Kleon gegen die Wahl einer besondern Commission war, ergibt sich als eine richtige Folgerung aus seiner seiner Ansicht, dass man keinen nachtheiligen Frieden schliessen müsse, sondern nur auf die oben angeführten Bedingungen hin. Und wie das Volk einen dauernden Frieden wünschte, ohne die schönen Worte der Gesandten zu berücksichtigen, so musste es vorsichtig zu verhindern suchen, dass kein nachtheiliger geschlossen wurde. Es ist, also ungerecht, Kleon und sein Volk über Gebühr kriegerisch zu nennen, noch ungerechter, zu behaupten, dass die Demokratie stets den Krieg wolle.

Der für die Athener bisher günstige Verlauf des Krieges wurde also durch keine langwierigen Verhandlungen gehemmt. Da zog sich aus andern Ursachen der Krieg in die Länge. Damit war man in Athen unzufrieden und man murrte auch über Kleon. Es mangelte an der nöthigen Unterstützung, besonders durch frische Truppen. Gesandten von dem dortigen Heere brachten übele Botschaft nach Athen. Um den Stand der Dinge zu untersuchen, sollte Kleon mit Andern abgehen. Er schlug dagegen vor, das Heer zu verstärken und neue Mannschaft hinzuschicken „und nicht durch Zögern den rechten Zeitpunkt zu verlieren". (Thuc. IV, 27, 3.) Kleon hatte Recht, zu sagen, dass die Sache um Sphakteria nicht schlimm stünde. Er scheint auch eine ganz genaue Kenntniss der dortigen Lage gehabt zu haben sowie auch mit Demosthenes im Einverständniss gewesen zu sein. Dies ist die einzig richtige Annahme nach dem Verlaufe der folgenden Ereignisse. Kleon bringt in der weiteren Verhandlung vor der Volksversammlung seine Person mit ins Spiel durch die Bemerkung, wenn er selbst das Commando hätte, so würde er mit einer wohlgerüsteten Flotte hinsegeln. Man hielt ihn beim Worte, er weigerte sich zum Scheine, und desto mehr drängte ihn das Volk, den Oberbefehl anzunehmen. So war Nikias beseitigt und Demosthenes hatte das alleinige Commando und freie Hand in seiner Kriegsführung. Als Kleon sicher war, dass der Oberbefehl ihm gehöre, trat er vor der Volksversammlung mit der grössten Bestimmtheit auf und erklärte, binnen 20 Tagen Sieger zu sein. Es ist nothwendig ein Zeichen seiner vorherigen sichern Berechnung, dass er keinen der Athenischen Hopliten und Ritter mitnahm, sondern ausländische Truppen u. A. aus Lemnos und Imbros; diese standen seiner Person fern und waren nicht in die Sympathien und Antipathien mit hineinverpflochten, wie der Athener selbst. Dieser gute Gedanke konnte ihm nicht etwa plötzlich in der Verlegenheit gekommen sein. Das spätere Unglück in der Affaire bei Amphipolis ist wesentlich dadurch herbeigeführt worden, dass der vornehme Athener im Heere es Kleon gegenüber an der nöthigen Subordination fehlen liess.

Die Zahl der um Pylos und Sphakteria gegen die Lacedämonier kämpfenden Athener belief sich auf ungefähr 10,000. Mit diesen der 420 Lacedämonier auf Sphakteria trotz der geringen ihnen von den auf dem festen Lande befindlichen Lacedämoniern gebrachten Hülfe Meister zu werden, ergibt sich keineswegs als ein wahnsinniges Versprechen, wie Thucydides (IV, 39, 2) und mit ihm wohl alle Gegner des Kleon, die ja nicht in seinen Plan mit eingeweiht waren, meinen.

Wir sehen Kleon wieder, als der Spartanische Feldherr Brasidas die Macht Athens durch Eroberung seiner Bundesgenossen-Städte mit Erfolg zu schwächen beginnt. Die letzteren wiederzuerobern ist nun die Aufgabe des Kleon. Torone und Galepsus ergeben sich ihm; aber bei Amphipolis fand er sowohl wie sein Gegner Brasidas den Tod. Vor der Ankunft der Hülfsheere von Perdikkas und Polles in Thracien wollte er keine Schlacht wagen und sich zu Eion ruhig halten. Seine Truppen, worunter sich Viele seiner politischen Gegner befanden, gaben ihre mangelhafte Subordination dadurch kund, dass sie über ihr Stillliegen murrten. Da gibt Kleon ihnen nach und erst dicht vor Amphipolis mit seinem Heere stehend, wird er plötzlich von Brasidas, der inzwischen von dem benachbarten Hügel hinab unvermerkt in die Stadt gezogen war, überfallen. Er verliert die Geistesgegenwart, und wie sein Heer, welches ihm nur mit Widerstreben gehorcht hatte, die Flucht ergreift, flieht er ebenfalls. Viele retten sich, doch er wird erschlagen. Die ganze Unternehmung gegen die Städte der Bundesgenossen, die Kleon sowohl befürwortete als befehligte, mag gerechtfertigt sein. Doch ist es sein Fehler, dass er mit einem Heere dieser Art zu Felde zog, obgleich er sich doch zu der Expedition gegen Sphakteria andere, für seine Person passendere Truppen ausgesucht hatte. Er zeigt sich hier als einen Mann von zu grossem Selbstvertrauen, wenn man den Begriff Glück und Unglück aus der Beurtheilung der ganzen Begebenheit weglassen will. Die geflohenen Ritter und Hopliten, welche zum Theil in die Gegend kamen, wo Thucydides sich aufhielt, wären wohl unter keinerlei Umständen geneigt gewesen, einen für Kleon günstigeren Kriegsbericht abzufassen.

Was ist nun Kleon? Diese Frage kann nur durch einen Vergleich mit Perikles beantwortet werden. Kleon ist der Nachfolger des Perikles bis zu einem gewissen Grade. Beiden gemeinschaftlich ist das Bestreben, das dem jonisch-athenischen Staate entsprechende demokratische Princip zur Herrschaft zu bringen, den zwischen diesem und dem lacedämonisch-aristokratischen Princip entstehenden Kampf mit allem Nachdruck zu führen. Da beide die Ueberzeugung haben, dass solche Kämpfe selten vor der Vernichtung des einen oder beider Theile endigen, so ziehen sie den Krieg einem halben, unsichern Frieden vor.

Der Unterschied zwischen Perikles und Kleon ist, dass jener die Demokratie hob, um hierdurch das Ganze des Staates zu leiten, dieser nur in dem demokratischen Theile den ganzen Staat fand. Kleon suchte das Wohl des Volkes, Perikles das des Staates. Kleon hatte die Gegner der Volksherrschaft auch gegen sich, war sogar der Vorkämpfer des Volkes; Perikles verstand es, die Parteien der Vornehmen jedesmal wieder zu versöhnen, so oft er das Volk und seine Herrschaft wieder um einen Grad höher gehoben hatte. Kleon hatte viele und heftige Gegner, die ihn mit Verläumdung überhäuften, und nur dem einen, Thucydides, kann in Bezug auf die Thatsachen voller Glauben geschenkt werden. Es ist nicht bewiesen, trotz Aristophanes Komödien, dass Kleon unredlich, gewinnsüchtig und bestechlich gewesen sei. Sein Ehrgeiz ist nicht übergross; er ist frei von Selbstüberhebung, trotz der Erzählung des Thucydides von der Annahme des Oberbefehls von Seiten Kleons gegen Pylos — frei von Volksschmeichelei und Volksbethörung, ist auch keineswegs die Ursache zu den Uebeln in den damaligen Staatsverhältnissen. Er hat wenig äussere und innere Bildung, gibt sich dadurch manche Blössen, hat aber eine warme aufopfernde Liebe zu seinem Volke und Vaterlande. Dies wird vom Volke erkannt, er ist Günstling des Volkes, dessen Versammlung er einmal aufhebt, weil er selbst nicht kommen kann und zu Hause Gäste hat. Er besitzt eine grosse Energie und grosses Selbstbewusstsein, welches ihn veranlasst, mitten im Strudel der bürgerlichen Parteien allein hervorzutreten und seine Person aufs Spiel zu setzen. Er ist heftig und leidenschaftlich, wie die Berathung über die Mitylenäer zeigt, aber darum noch nicht grausam, wie eben dargethan wurde. Er ist es, kurz gesagt, der vor Mit- und Nachwelt Alles büssen musste, was das Volk nach der Meinung seiner Gegner wirklich oder scheinbar Böses gethan hatte.